JN137045

短歌集 よもやま話 Part2

颪成 FUSEI

文芸社

読者の皆様へ

私は二十歳の時大きな事故に遭いましたが、奇跡的に助かり、生き延びて現在に至っております。

喜寿に近づき、人生の『甘い』『辛い』『厳しさ』を知ることになり、その経験の一部を皆様の日々の助けとなればと短歌に表し、これからの〝糧〟としていただければ幸いと思っております。

私は車業界で、車買取チェーン「アップル」を設立。

そして車の中古市場CAAの立ち上げに尽力し、業界に名を馳《は》せて来ました。

私はこれまで私の考えに基づき、

別名の《風成》名義で短歌集を二巻出版しましたが、
実名を表に出さないのは誠に失礼と思い……
三巻目の出版にあたり、この度、初めて実名を出すことに致しました。
特に一巻目の『よもやま話』では、紀伊國屋書店、文教堂書店、
両書店様には配本のご依頼を戴き、誠に感謝をいたしております。
二巻目の『夢よ』は、サラリーマンの営業時代から実務経営に携わり、
成功した私の人生そのものであります。
一巻目、二巻目ともに好評いただき、現在もネットにて販売中で、
ご好読いただいております。
ここに三巻目の『よもやま話Ｐａｒｔ２』を堂々と、
《生きる糧》を出版出来ましたこと、
スタッフの方々にお力添えを頂いたこと、感謝に耐えません。
ありがとうございました。

どうか皆様には、読者冥利としてお友達に……
よろしくお願いを、申し上げます。

全国アップルの元社長
〝風成〟こと成田哲己

目次

風成短歌

①

土筆《つくし》の芽
　タンポポ開き
薔薇が咲く
　コスモス眺めて
大輪の菊

蓮華《れんげ》畑
　やさしい花が
春告げる
　童《わらべ》遊びて
戯《たわむ》れるかな

秋桜《こすもす》は
秋の桜と
謂《いわ》れあり
色とりどりと
気品漂う

尾花とは
すすきの別名
お彼岸に
澄んだ夜空に
秋の七草

彼岸花
池の畔《ほとり》に
咲く花の
真赤に染まり
心が靡《なび》く

タンポポは
春を告げるよ
いじらしい
新入生の
登校季節

紫陽花《あじさい》は　気候変化に
拘《こだわ》らず　何故か　水無月
見事咲きます

春の富士
雪解け水が
岩肌へ
太古の恵み
白糸の滝

散歩する
名も無い花が
咲いていた
可憐な花に
心を癒す

神社では
木々が 枯れゆき
大掃除
落ち葉が詰まり
悪戦苦闘

いい土壌
　土を耕やし
牛糞《ぎゅうふん》を
　化学肥料で
野菜育てる

今年こそ
　土地を肥やして
生長へ
　期待を込めて
実りの秋へ

美味い味
おいしくするは
剪定も
日照時間と
肥えた土壌

久しぶり
柿の木弱く
ゴロ土に
肥をやりつつ
土壌改善

我慢して
再度頼んで
草集め
トサカにきたが
うまく片付く

すばらしい
淡墨桜
日本一
幸福はこぶ
千年の歴史

満開の
淡墨桜
咲き誇る
陽射《ひざし》を浴びる
春の競演

この暑さ
暖冬異変
びっくりし
今夏《こんか》の気温
去年以上か

生い茂る
日に日に伸びる
草取りも
お盆過ぎ迄
仕上げる努力

草取りを
勢いやっと
終わりつつ
暑さ　収まり
秋分《しゅうぶん》間近

緑映え
公園の木々
鮮《あざ》やかに
若葉が茂る
鳥の楽園

七草は
春と秋とで
年内に
春はお粥《かゆ》を
秋は鑑賞す

七草は
煤《すす》は保護せな
春を告げ
大泣きは拭《ふ》く
秋と覚える

◆すすはほごせな
すずな　すずしろ　はこべら
ほとけのざ　ごぎょう
せり　なずな
（春の七草の覚え方）

◆おおなきはふく
おばな　おみなえし
なでしこ　ききょう　はぎ
ふじばかま　くず
（秋の七草の覚え方）

この時期に
ひと月前の
季節かな
春が近づき
動き軽やか

この季節
梅がほころび
いじらしく
寒さの中に
一輪の花

この時期は
犬はうれしく
梅の花
犬は元気に
気高く強い

春をまつ
日差し　温《ぬく》もり
すぐそこに
日に日に花の
蕾《つぼみ》ふくらむ

ぶり返す
小春日和が
急変し
すごい寒さに
体震える

風成短歌

②

暖かい
春真っ盛りに
雪かぶる
ナンジャモンジャは
ヒトツパタゴよ

女郎花《めろうばな》
すごい　名の花
オミナエシ
高貴とも謂《い》う
秋の七草

熱海では
土石流から
一か月
生活再建
目途がたたずに

朝起きて
町が一変
温泉地
跡形もなく
洪水の佐賀

この冬は
寒波到来
氷点下
先週迄の
天候　急変

底冷えに
凍てつく寒さ
身に染みる
芯を温め
心をほぐす

冬あらし
寒さ堪《こた》えて
何もせず
春よ来い来い
温くもりを待つ

豪雨あり
線上からの
降水は
地域をとわず
甚大被害《じんだいひがい》

各地にて
　この夏いちの
猛暑日と
　梅雨あけ同時
暑さ　到来

この夏は
　猛暑　続き
疲れ過ぎ
　熱中症に
ご注意を

この暑さ
仕事にならず
力抜け
ヤル気おこせよ
男の意地を

わが地球
温暖化にて
大被害
自然の猛威
益々増大

風成短歌

③

正月は
家族団欒
食事して
一年の計
元旦にあり

元日は
酔うほど呑んで
舞い上る
体が燃えて
汗がふき出る

元日に
地震と津波
ビックリし
着の身着のまま
急いで逃げる

大慌て
避難場所へ
殺到し
寒さ対策
何もできずに

避難場所
飲み水　電気
食べものも
全てが無しの
劣悪《れつあく》なとこ

新年は
地震　幕開
スタートし
去年は紛争
どうなる今年

被災者の
　救援物質
いち早く
　行く道　遮断
背負って運ぶ

この寒さ
　やっと届いた
防寒着
　食べ物みても
温くもりもなし

この辛さ
家族亡くして
家潰《いえつぶ》れ
希望をなくして
どうして生きよ

災害時
地域一緒に
団結し
皆で支えて
時空を超える

全国の
ドローンヘリにて
被災地へ
迅速安全
物資を運ぶ

スターとは
社会動かし
被災地へ
希望を運ぶ
憧れの星

昼食へ
讃岐《さぬき》のうどん
舌鼓《したつづみ》
麺の腰太
喉越しがいい

蕎麦屋さん
幼馴染《おさななじ》みの
食事会
笑顔満開
懐かしき　こえ

夕食に
　仕事通して
呑む酒は
　過去の話で
愉《たの》しく酔《よ》へる

仲間たち
　呑む人誘い
ストレスを
　呑んで騒ぐと
良薬となる

本日は
鮨屋《すしや》で呑むは
気が躍る
刺身と串で
鮪 三昧

昨晩は
最高料理
御馳走に
割烹《かっぽう》家での
おいしいお酒

先輩と
何年ぶりに
旨い酒
傘寿《さんじゅ》過ぎの
見習うパワー

旨い味
愉《たの》しく呑める
この酒を
仲間が集い
呑み放題へ

宴会に
旨いお酒で
いい料理
信頼をうける
ボトムアップを

呑んだ席
此から特に
気をつける
取引先と
公明正大

酒呑みに
呑む程《ほど》酷《ひど》い
酒が毒
愉しく呑めば
すこぶる旨い

夕食に
刈谷ハイウェー
オアシスへ
レストランには
人ひとヒトが

オアシスは
すごい騒ぎで
別世界
メニューも豊富で
気楽に食べる

この酒は
すごく上品
誰彼《だれかれ》と
まるでワインの
まろやかな味

健康に
体造りを
日課とし
常に歩くを
オンリーワンとす

本日は
　息子と二人
焼肉に
　肉の味つけ
格別　旨い

私《わたく》しも
　後期高齢
仲間入り
　人間ドックで
異常判明

健康を
息子と二人
ウォーキング
一日五キロ
毎日歩く

登校で
新入生が
挨拶を
微笑ましくて
心が和む

風成短歌 ④

癒される
モーニングへと
妻と行き
窓越しからの
紫の花

虚脱し
体中から
気が抜ける
何もできずに
力入らず

気が滅入《めい》る
煩《わずら》わしさが
気になると
鬱陶《うっとう》しさに
辛さが染みる

病いをし
　療養して
回復を
　元気忘れず
辛さ一掃

病んでくる
　気が落ち込んで
先見えず
　つくり笑顔が
元気にさせる

トラウマに
強い恐怖を
いつ迄も
治療の薬
やっと見つかる

念願の
認知症薬
承認す
高齢時代
対応可能

屁理屈を
会話できずに
頑《かた》くなに
唇震え
蒼ざめた顔

床屋さん
病を押して
精を出す
天気次第で
心が曇る

コンビニで
息子に出会い
たまげたよ
夜の散歩に
健康管理

健康は
日々の暮しに
豊かさを
長い人生
最高の糧

生きられる
競争馬にも
ストレスを
倍まで伸びる
チャンスあり

五千歩は
　体調維持を
目的に
　日課といえど
かなり厳しい

ルーティーン
　五千歩越えの
ウォーキング
　苦しい時も
常に努力を

朝早く
　駅に集まり
富士の山
　仰いで拝み
後光が照らす

渓谷美
　奇岩で創る
仙《せん》娥《が》滝《たき》
　昇仙峡は
日本遺産

名勝地
誰もが一度
高尾山
薬《やく》王《おう》院《いん》に
歌手の寄進

修善寺は
伊豆の小京都
歴史あり
特に　温泉
空海　あてる

長生《ながいき》へ
大涌谷の
黒タマゴ
地下のマグマが
今に伝える

富士山の
最後の姿
見納めだ
三日の旅も
終りを告げる

忙しさ
旅の三日を
戻すには
新聞ビデオ
読み切る辛さ

バスツアー
腰の痛さが
悪くなり
散歩したいと
養生重視

朝焼けに
天橋立
眺めれば
天にも昇る
龍のすがた

雲海に
全国屈指の
山城と
天に聳《そび》える
竹田城跡

奥深く
連なる山に
後光さす
燦々《さんさん》と輝く
福知山城

古刹《こさつ》あり
関東いちの
成田山
弘法大師
創建に寄与

水戸の庭
日本 三大
誇りあり
偕楽園《かいらくえん》は
梅林の名勝

この旅は
津々浦々の
愉《たの》しさを
偕楽園《かいらくえん》の
庭を最期に

茨木《いばらき》の
牛久《うしく》大仏《だいぶつ》
日本一
高さ一二五
見渡す 限り

我が人生
名勝旧跡
旅すれば
愉しさが
蘇《よみがえ》るなり

この旅は
観光巡り
温泉へ
効用にも効く
美味しい料理

湧《わ》きたつ湯
古びた宿の
温泉に
ゆったり浸りて
すべてリラックス

湯の山は
千三百年
湯けむりが
千客万来
絶えること無し

鹿の湯は
　湯の山温泉
最古参
　歴史を今に
伝統繋《つな》ぐ

謎めいて
　福井の由来
福の井戸
　本丸のソバ
今も　とどめる

ワクワクし
上高地への
いく途中
松本城で
しばし　休憩

シンボルの
松本城に
目を凝らす
今にも繋ぐ
歴史の重み

小松城
北陸一の
豪華さを
加賀をも睨《にら》む
隠居の城で

いく途中
連れの体調
急変し
医者が診ると
コロナと判る

我がままに
聞く耳もたねば
口喧嘩
立場が代れば
己《おのれ》も同じ

次回には
愉《たの》しい旅を
思い切り
今日又明日も
夢まで耽《ふけ》る

三度《みたび》行く
　果物の里
松川へ
　次は松本
着くよ上高地

蒼ざめる
　駐車場で
ビックリし
　あたふた めいて
急いでホテル

またも　ミス
　観光地での
パーキング
　通り過ぎたよ
ユーターン禁止

チャレンジ
　上高地へと
辿《たど》りつく
　ノスタルジアの
絵画の如し

上高地
大正池と
河童橋
熊笹茂る
白樺並木

風成短歌

⑤

世界中
異常気象の
山火事と
動植物も
住処をなくす

ハワイでも
風光明媚
マウイ島
殆んど燃えて
再建遠し

この旅は
桜観る会
吉野山
急いで乗るも
心浮き浮き

吉野山
期待　裏切り
桜の枝《え》
歴史を語る
吉水《よしみず》神社

古事記より
大神神社《おおみわ》
伝承を
日本最古の
創祀《そうし》記録あり

祭神は
三輪山鎮《しず》め
お祈りを
日本最古の
神社と記《しる》す

ヘトヘトに
東寺《とうじ》に近し
新ホテル
残りが僅《わず》か
トサカに来たよ

桜見に
お酒を呑んで
癒される
辛い 身体《からだ》
いったい何処《いずこ》へ

朝早く
南禅《なんぜん》寺《じ》にて
山門へ
急階段に
息が止まるよ

山門の
　ベランダに立ち
銭投げる
　五衛門　ルパン
盗賊御用

この後は
哲学の道
散策へ
銀閣寺から
歴史を繋《つな》ぐ

名勝地
京都御苑《ぎょえん》に
咲き始め
枝垂《しだ》れ桜が
時代を見つめる

最期《さいご》には
嵐山など
渡月橋《とげつきょう》
凄い人出は
インターナショナル

この旅は
如何《いか》にハードに
桜見せ
見事に咲かせ
記憶にとどめる

桜見に
日に二万歩は
すごいハード
命駈けでの
お花見巡り

ツアー客は
すべて 高齢
四十名《しじゅうめい》
ルンルン気分の
スキップ するね

朝早く
戸隠《とがくし》神社
直行し
お昼に　奥社《おくしゃ》
中社《ちゅうしゃ》へ参る

参道は
山の神々
杉並木
随神門《ずいしんもん》に
続くよ　奥社

善光寺
六四二年にて
創建し
檜皮葺《ひわだぶき》での
屋根　日本一

善光寺
神通力の
撫《なで》仏
あやかり治して
大事に参る

六地蔵
迷い 苦しみ
六道に
地蔵菩薩は
救いの仏

宿泊地
　善光寺西
すぐ隣り
　県庁　移転
ホテルも新設

必見《ひっけん》です
　上田城趾
真田家と
　幸村　家来《けらい》
十勇士たち

十勇士
家来の忍術
幸村に
猿飛佐助
忠誠《ちゅうせい》を誓う

忠義もつ
豊臣家臣《とよとみかしん》
夏の陣
勇猛果敢《ゆうもうかかん》
敵に突入

悲劇のヒーロー
真田　幸村
先陣へ
家臣の絆《きずな》
心に刻む

帰るには
かなり遠くへ
来たりけり
常に愉しく
ドライブするよ

ドライブに
一千キロと
旅すれば
神社仏閣
歴史がわかる

著者プロフィール

風成（ふうせい）

名古屋南隣の藤田医大病院の在る豊明市で、
戦後のベビーブームに誕生。
急成長のモータリゼーションにおいて、
新車販売のトップセールスに携わる。
その後中古車市場の創設に尽力し、
車業界の旋風となって全国チェーン展開を図り、
中古車業界の礎を築いた。
異彩の作家。

【著作】
『短歌集　よもやま話』（2022年／文芸社）
『短歌集　夢よ　サラリーマン人生』（2023年／風媒社）

短歌集　よもやま話 Part2

2024年12月15日　初版第１刷発行

著　者　風成
発行者　瓜谷 綱延
発行所　株式会社文芸社
〒160-0022　東京都新宿区新宿１－10－１
電話　03-5369-3060（代表）
03-5369-2299（販売）

印刷所　TOPPANクロレ株式会社

©FUSEI 2024 Printed in Japan
乱丁本・落丁本はお手数ですが小社販売部宛にお送りください。

送料小社負担にてお取り替えいたします。

本書の一部、あるいは全部を無断で複写・複製・転載・放映、データ配信することは、法律で認められた場合を除き、著作権の侵害となります。

ISBN978-4-286-25992-5